lieber Paul,
herzlichen Dank fürs Lesen
Myrjam C. Trunk

Das Engerl
vom Hohen Peißenberg

MYRJAM C. TRUNK
lebt und arbeitet als
Journalistin und freie
Autorin im Landkreis
Weilheim-Schongau.

MYRJAM C. TRUNK

DAS ENGERL
VOM HOHEN PEISSENBERG

Eine Weihnachtsgeschichte

Bibliografische Information der Deutschen Nationalbibliothek:
Die Deutsche Nationalbibliothek verzeichnet diese Publikation in der
Deutschen Nationalbibliografie. Detaillierte bibliografische Daten sind
im Internet über http://dnb.dnb.de abrufbar.

1. Auflage 2017

Covergestaltung & Satz: Jürgen Müller, LayArt

Illustrationen: Huber Pfeffer, Peiting

Herstellung und Verlag: BoD – Books on Demand, Norderstedt
ISBN: 978-3-7460-2790-6

Vor ewiger Zeit hatte der liebe Gott jedem Berg einen Engel zugeteilt, der über diesen wachen sollte. Die großen Engel saßen auf den mächtigen Gipfeln des Wettersteingebirges und des Karwendel, die kleineren auf den wenigen Erhebungen im Voralpenland.

Die Jahrhunderte vergingen, und immer mehr Menschen siedelten sich in der wunderbaren Landschaft an. Sie bauten Höfe und Dörfer, ließen ihr Vieh auf den saftigen Weiden grasen, errichteten Wirtshäuser und auch Kirchen, in die sie am Sonntag zur Messe gingen.

Auch ganz oben auf dem Hohen Peißenberg saß ein kleiner Engel. Er wachte über den Berg, die Tiere und Bäume und war glücklich. Manchmal flog er über die einzeln verstreuten Gehöfte und die wenigen Häuser im Dorf der Menschen, die sich auf halber Höhe angesiedelt hatten und schaute ihnen beim Arbeiten zu.

Im Frühling freute er sich über das leuchtende Grün der Wiesen mit all den tausenden von Löwenzahnblüten, die wie kleine Sonnen leuchteten, den weißblauen Himmel und die noch schneebedeckten stolzen Berge am Horizont.

Im Sommer bewachte er die Kühe, und wenn gerade kein Bauer in der Nähe war, berührte er die Kuhglocken, damit diese noch ein bisschen lauter bimmelten.

Im Herbst schaute er den Mädchen und Buben beim Kastaniensammeln zu und wie sie kleine Figuren daraus bastelten. Die Männer und Frauen fuhren das Heu ein und sammelten Holz. Auch die Kinder halfen mit.

Doch wenn Mitte Oktober die Herbststürme übers Land fegten und im November der Schnee das Land in sein dickes Winterkleid hüllte, wurde es ruhig auf dem Berg. Das Engerl fühlte sich dann manchmal sehr alleine. Und ganz besonders, wenn es Weihnachten wurde.

Dann schaute es voller Sehnsucht hinüber zum Kloster Rottenbuch, in dem die Mönche wohnten und in dessen großer Kirche alljährlich die Geburt Jesu mit einer festlichen Messe in der Nacht gefeiert wurde.

Der kleine Engel war einmal heimlich am Heiligen Abend hinübergeflogen. Ach wie schön war das gewesen! Die vielen Kerzen, die das prächtige Gotteshaus erhellten, die schönen Lieder, die die Gemeinde gesungen hatte und vor allem die Krippe, die unter dem großen Tannenbaum neben dem Altar stand.

Eigentlich war es dem Engerl nicht gestattet, seinen Berg zu verlassen und so hatte es sich rasch wieder auf den Heimweg begeben, bevor das Christkind wie jedes Jahr zu den Menschen kam.

Fortan träumte der kleine Engel jede Nacht von dem, was er gesehen hatte.

*J*ch möchte auch so gerne eine Kirche, und wenn es nur eine ganz kleine ist", dachte das Engerl. Wie schön wäre es, wenn die Menschen zur Messe hier heraufkämen. Mit der Zeit konnte es an fast nichts anderes mehr denken und so beschloss es, den lieben Gott um Rat zu fragen. Denn einmal im Jahr, an Allerheiligen, berichten ihm die Engel, was über das Jahr geschehen ist. An diesem Tag wachen alle Heiligen über das Land und die Engel können zur großen Konferenz fliegen. Und so machte sich an diesem Tag auch das Engerl vom Hohen Peißenberg wieder auf den Weg in den Himmel.

*W*as war das für ein Getümmel in der großen Wartehalle. So viele große und kleine Engel plauderten und lachten miteinander, und warteten darauf, bis sie an der Reihe waren. „Oh je, das kann ja dauern", seufzte das Engerl und reihte sich in die lange Schlange vor dem Tisch ein, an dem ein behäbiger, dickbäuchiger Engel saß, und die Nummern vergab, nach denen die Reihenfolge festgelegt wurde.

„Wie heißt du und von welchem Berg kommst du?", fragte dieser, als das Engerl schließlich dran war. „Ich bin Bastius und komme vom Hohen Peißenberg", sagte das Engerl ein wenig schüchtern. Denn es reichte mit der Nase kaum an die Kante des mächtigen goldenen Tisches heran. „Hoher Peißenberg!", lachte der dicke Engel hinter seinem Schreibtisch dröhnend. „So hoch kann der ja wohl nicht sein!", prustete er und verschluckte sich fast an seinem Stück Manna, das er sich kurz zuvor in den Mund gestopft hatte. Das Engerl wurde rot. „Er ist fast Tausend Meter hoch ...", stotterte es.

„Ja, aber eben nur fast, so wie deine Nase fast über den Tisch passt", gluckste der Dicke und gab ihm eine Nummer in die Hand. „... Der Nächste!"

Missmutig setzte sich das Engerl Bastius auf einen Hocker in der Nähe und wartete. Die Stunden vergingen und die großen Engel, allen voran der Erhabenste, der Zugspitzengel, hatten einen dicken Stapel Wolkenblätter dabei, auf denen sie alles aufgeschrieben hatten. Sie berichteten von den großen Wasserfällen, wie jene, die bei den Dörfern Grainau, Garmisch und Partenkirchen in die Schluchten donnerten. Sie erzählten von den Lawinen im Winter und den Tieren und Menschen, die sie in letzter Sekunde vor Unglück bewahrt hatten.

„Vierhundertzweiundsiebzig!" Jäh wurde Bastius aus seinen Gedanken gerissen. Der dicke Engel stand mit seinem lustig hüpfenden Bauch vor ihm und grinste: „Der ‚Fast-Tausend Meter-Engel' ist dran!" Bastius beachtete ihn gar nicht und machte sich hastig auf den Weg. Beinahe wäre er über den Auerberg-Engel gestolpert, so eilig hatte er es. „Na-na-na, Herr Nachbar!", brummte dieser. Aber das hörte Bastius schon nicht mehr.

Ehrfurchtsvoll stand das kleine Engerl nun vor dem lieben Gott und zitterte vor lauter Aufregung ein wenig. „Nanu, hast du denn gar keinen Bericht dabei?", fragte dieser lächelnd, als er Bastius mit leeren Händen vor sich stehen sah. „N-nein …", stotterte der kleine Engel und biss sich verlegen auf die Unterlippe. Seine Gedanken hatten sich nur noch um den Wunsch nach einer Kirche gedreht. An den Bericht hatte er überhaupt nicht mehr gedacht. Bastius nahm all seinen Mut zusammen. „Ich möchte so gerne eine … eine … Kapelle … auf dem Hohen Peißenberg." Der liebe Gott lehnte sich zurück und schmunzelte. „Soso." Schüchtern blickte Bastius zu ihm auf. Da sah der liebe Gott, wie ernst es dem kleinen Engel war.

„Das ist nicht so einfach", sagte er schließlich.

„Denn das müssen die Menschen selbst entscheiden. Aber oft errichten sie Kirchen, wenn sie besonders dankbar sind", gab er ihm mit auf den Weg. „… Und bring das nächste Mal den Bericht mit!"

Nachdenklich flog Bastius nach Hause.

*D*as Engerl saß auf seinem Berg und grübelte. „Dankbar" sollten die Menschen sein. Wofür? Und vor allem, wie sollte er es anstellen, dass die so dankbar waren, um eine Kapelle zu bauen. Denn sie konnten den kleinen Engel ja nicht sehen oder hören. Ratlos blickte Bastius über das weite Land. Der Winter machte bereits wieder den ersten Frühlingsboten Platz. Unter dem Schnee gluckerten kleine Rinnsale in die vielen Bäche, die den Hohen Peißenberg hinunterplätscherten. Da hörte er plötzlich ein Geräusch. Zwei Kinder stapften durch den weich gewordenen Schnee. Sie hatten die Wintermützen abgenommen, die Sonne schickte schon ihre ersten wärmenden Strahlen herunter. Bastius erkannte sie gleich. Es waren Matthäus und seine Schwester Marei. „Ich hätte so gerne mal wieder Knödel mit Sauce", sagte der Bub seufzend. „Ja. Seit Wochen gibt es nur noch Zwiebelsuppe. Und das Brot ist steinhart. Aber besser als mit hungrigem Magen ins Bett zu gehen, wie unsere Nachbarn", erwiderte Marei, „die Mutter hat gesagt, dass wir dem lieben Gott dankbar sein sollen, dass wir wenigstens das haben." Matthäus blieb ste-

hen. „Also, ich würde dem lieben Gott für Knödel mit Sauce glatt eine ganze Kapelle bauen", sagte er mit tiefster Überzeugung. Dann gingen die beiden weiter.

Was?! Bastius war wie vom Donner gerührt! Knödel ... Sauce ... Kapelle?! Aber natürlich! Jetzt wusste er, wie er es anstellen musste! Vor lauter Aufregung sauste das Engerl gleich dreimal um den Berg und machte damit so viel Wind, dass sich die Wipfel der Bäume bogen. „Genau so geht es", jubilierte es und machte sich an die Arbeit.

Bastius gönnte sich keine Pause. Er sprach mit der Sonne, den Wolken und dem Wind. Er redete mit den Bäumen und Hecken, den Gräsern, Kräutern und Blumen. Dann schlich er sich in die Ställe, überzeugte Kühe und Pferde und flüsterte mit den Hühnern. Auch den Bienen und anderen Insekten erklärte er seinen großen Plan.

Erschöpft aber zufrieden kehrte das Engerl zurück und setzte sich auf einen Baumstamm. „Es muss einfach funktionieren!"

*I*n diesem Jahr war alles irgendwie anders. Die Menschen im Dorf und auf den Gehöften wunderten sich über die wundervollen Blüten im Frühling. Die Alten sagten, sie könnten sich gar nicht erinnern, je so eine Pracht gesehen zu haben. Kein Frost machte sie zunichte wie sonst in den Jahren davor, auch die Eisheiligen waren gnädig. Die Bienen summten und machten fleißig Honig, die Gräser und Kräuter wuchsen kräftig und das Vieh gab reichlich Milch für Butter und Käse. Die Hühner legten prächtige Eier und die Menschen trafen sich auf Märkten, um ihre Ware anzupreisen und einzutauschen. Freilich gab es auch schlechtes Wetter, aber die furchtbaren Gewitter mit schlimmem Hagel blieben aus. An den Hängen des Hohen Peißenbergs wuchsen Kirschen und Äpfel zuhauf, und die Leute konnten ihr Glück kaum fassen. Und statt Zwiebelsuppe und hartem Brot gab es auch tatsächlich manchmal Knödel mit Sauce, worüber sich ein Bub besonders freute – der Matthäus.

$\mathcal{M}$itten im August, dem „Maria Himmelfahrt-Tag", machten sich die Menschen auf den Weg ins Tal hinunter in die Ortschaft Peiting zur Messe. Sie hatten am Tag zuvor von den Wiesen allerlei Kräuter gesammelt und diese zu herrlich duftenden Buschen zusammengebunden, die sie segnen lassen wollten. Kleine für den Herrgottswinkel in der Stube und große für die Ställe der Tiere. „Die Kraft der Kräuter soll helfen, dass alle gesund bleiben", sagten die Leute. Unterwegs erzählte Matthäus seinem Vater mit leuchtenden Augen, wie glücklich er sei und wiederholte, dass er dem Herrgott glatt eine Kapelle für das köstliche Essen bauen würde, das es heuer schon mehrmals gegeben hatte. Der Vater schwieg lange. „Da hast du eigentlich recht", sagte er auf dem Rückweg. „Wir haben allen Grund dankbar zu sein. Die vergangenen Jahre waren sehr hart gewesen. Und in diesem Jahr haben wir alles im Überfluss, so scheint es. Es wird Zeit, dass wir eine eigene kleine Kapelle im Dorf haben."

Das alles hörte der kleine Engel und bekam vor lauter Freude ganz rote Wangen.

*J*eder Baum, das muss man wissen, wird von einem guten Wesen bewohnt. Einem Baumgeist, der genauso alt ist wie sein Baum. Und jedes Wesen ist an seiner Art zu erkennen. So gibt es Birkengeister, die kleine Locken haben, so zottelig, wie die langen Birkenblüten sind; Eichengeister, die einen Hut aufhaben, der aussieht wie die Nussfrucht; Buchengeister, die ein Röckchen tragen, das aussieht wie die Schale einer Buchecker. Und dann

17

gibt es noch die lustigen Kastanien, die ein stacheliges Jäckchen tragen, so wie die Kastanienschale sie hat.

Um den Hohen Peißenberg wachsen seit jeher zahlreiche Fichten. In jedem von ihnen wohnt ein guter Fichtengeist, der sich wie jeder Baumgeist um seinen Baum kümmert, wenn im Herbst die Stürme hindurchrauschen oder im Winter der Schnee gar so sehr auf seinen Ästen lastet. Und er freut sich über jeden Zapfen, der daran wächst. Die Fichtengeister tragen ein langes Gewand aus Nadeln und ihre Nase gleicht einem Fichtenzapfen. Und während die Laubbaumgeister sich im Herbst, wenn die letzten Blätter herabgefallen sind, schlafen legen, decken sich die Geister der immergrünen Nadelbäume im Winter nur mit dem Schnee der Äste zu, um ein bisschen zu dösen.

Zu den größten und ältesten Fichten flog das kleine Engerl nun, um zu fragen, welcher der Baumgeister bereit wäre, sein Zuhause für eine Kapelle zu spenden.

„Oh!", seufzte der alte Geist einer mächtigen Fichte, „ich bin schon so lange hier und die Kälte ist nichts mehr für mich. Ich gebe gerne mein Baumhaus für so eine gute Sache und freue mich auf den großen Garten im Himmel."

Die anderen Bäume beglückwünschten den alten Baumgeist und waren insgeheim froh, dass sie noch nicht an der Reihe waren. Denn sie liebten das Leben im Wald am Hohen Peißenberg.

Bastius bedankte sich bei ihm und wusste auch schon, wie die Menschen den Baum unter all den anderen finden konnten: Er streute ein bisschen Engelsstaub auf die Nadeln, so dass diese in einem ganz besonderen Licht schimmerten, das die Menschen sehen konnten.

„Das müsste reichen", dachte das Engerl, setzte sich zu dem Baumgeist auf einen Ast, ließ die Beine baumeln und wartete.

nzwischen neigte sich der Sommer dem Ende zu. Die Schwalben waren bereits fortgeflogen, auch die Störche und Gänse machten sich auf den Weg in den warmen Süden, die Eichhörnchen sammelten fleißig die ersten Nüsse. Auch die Menschen ernteten allerlei Gemüse und Früchte in ihren Gärten.

Auf dem Hof, auf dem Matthäus und Marei wohnten, stand ein knorriger, alter Apfelbaum. In diesem Jahr waren seine Früchte besonders groß und leuchteten in tief roter Farbe. Und wie die schmeckten! Wie saftig und süß waren sie! Die Kinder sammelten die Äpfel in großen Körben ein und trugen sie eifrig in den Keller, damit sie lange frisch bleiben sollten.

Draußen hatte der Bauer schon den Holzwagen hergerichtet, um am nächsten Morgen in den Wald zu fahren.

Denn das Dorf hatte beschlossen, eine Kapelle zu bauen.

Die Sonne war gerade untergegangen und der leuchtend rote Erntemond kündigte die Zeit der Tag- und Nachtgleiche an; die kurze Zeit, in der der Tag so lang ist wie die Nacht und der

Mond die Sonne in dem Moment am Himmel ablöst, wenn sie untergeht. Die Wolken am Horizont waren in glühendes orangerotes Licht getaucht, die Bäume und Wiesen leuchteten in den schönsten Farben. Ein wunderbarer Tag ging zu Ende.

*B*ei Tagesanbruch spannte der Bauer die beiden Rösser vor den Holzwagen, lud Sägen, Äxte, Seile und anderes Werkzeug auf und machte sich mit seinem Knecht auf den Weg. Unterwegs trafen sie auf die anderen Männer des Dorfes. Dicker Nebel hüllte den Hohen Peißenberg ein, sodass sie nur ein paar Meter weit sehen konnten. Am Waldrand verschnauften die Männer ein bisschen.

„Es ist zu neblig, um weiter hinein zu gehen", sagte der Bauer. „Ich denke, wir nehmen gleich die drei kleineren Fichten da vorne."

Die alte, mächtige Fichte mit dem Engelstaub konnten sie in dem Nebel nicht sehen. „Von mir aus", brummte der Knecht und sie begannen mit der Arbeit.

*T*ok!", … „Tok!", … „Tok!", … Mit Wucht
schlug die Axt in das Holz.
„Hilfe! Was macht ihr denn da?!" Aufgeschreckt stoben die Baumgeister der drei Fichten aus der Rinde.
„Die machen mein Haus kaputt!", schimpf-
te Fichtl. „Meins auch!", rief Zapfl. „Und jetzt
auch meins!", schrie Wipfl. „Hört sofort auf damit, wir sind doch noch gar nicht dran!"
Doch die Menschen hörten sie natürlich
nicht. Sie setzten die Sägen an, halfen mit ver-
einten Kräften zusammen, trotz des kalten
Nebels begannen sie zu schwitzen. Mit einem
tiefen Seufzen fielen die Bäume schließlich kra-
chend zu Boden.

Vom Lärm aufgeschreckt, eilte Bastius herbei. „Oh Nein!", rief das Engerl und schlug sich entsetzt mit den Händen an die Wangen, die ihm vor Schreck ganz blass geworden waren. „Das sind doch die Falschen!" Auch der alte Baumgeist der mächtigen Fichte eilte herbei. Aber es half alles nichts.

Die Männer hieben die Äste ab und einige Zeit später lagen die Baumstämme auf dem Pferdefuhrwerk.

Mittlerweile hatte die Sonne den Nebel beiseite geschoben und gab die Sicht frei. Die Rösser zogen an und hinunter ging es Richtung Peiting zum Sägewerk. Die Männer pfiffen fröhlich ein Lied und freuten sich schon auf eine gute Brotzeit.

Die alte mächtige Fichte mit den Nadeln voll Engelsstaub glitzerte unter all den anderen Bäumen hervor, doch die Menschen waren bereits weit fort.

$\mathcal{I}$m Wald war es totenstill geworden. Kein Vogel sang mehr, nicht einmal die Eichhörnchen trauten sich durchs Blätterwerk zu rascheln. Fichtl, Zapfl und Wipfl saßen kreidebleich auf dem feuchten Waldboden, die Zapfennasen hingen ihnen traurig im Gesicht. Dicke Tränen aus Baumharz tropften über ihr Nadelkleid.

„So habe ich das nicht gewollt", schluchzte Bastius. Er war verzweifelt und schämte sich gleichermaßen. „Alles nur, weil ich eine Kapelle wollte." Was sollte er nur machen. Denn die Baumgeister waren auch noch zu jung für den Himmelsgarten, dafür waren sie noch lange nicht vorgesehen und es gab deshalb dort keinen Platz für sie.

„Kommt erst mal mit auf den Gipfel des Berges", sagte das Engerl nach einiger Zeit. „Wir finden schon eine Lösung", versprach es, obwohl es noch keine Ahnung hatte, wie diese aussehen sollte. Fichtl, Zapfl und Wipfl schnieften noch ein wenig und sahen sich ratlos an. „Also gut", sagten sie, hielten sich an den Flügeln fest und flogen mit Bastius hinauf. Denn wenn man ein Engerl als Begleitung hat, gibt es auch im größten Unglück Hoffnung und man ist nie allein.

Von der großen Aufregung und der Traurig-
keit schliefen die drei kleinen Fichtenwesen wenig später ein. Das Engerl deckte sie sanft mit
seinen Flügeln zu und wachte über sie.

$\mathcal{K}$urz vor Einbruch der Dunkelheit kehrten die Männer mit einem Wagen voll Brettern und Balken zurück. Sie spannten die Pferde aus und ließen den Karren in der Dorfmitte zurück. Denn dort wollten sie die kleine Kapelle bauen. Geschafft von der anstrengenden Arbeit, gingen sie nach Hause.

Am nächsten Morgen beobachteten Fichtl, Zapfl und Wipfl zusammen mit Bastius, wie die Männer mit Hobeln zurückkamen und die Bretter glätteten. „Hier ist der richtige Platz für unsere Kapelle", hörten sie sie sagen.

„Wolltest du nicht, dass die kleine Kirche hier oben steht?", fragte Fichtl. Bastius nickte. „Hier oben ist es viel schöner", sagte Zapfl und unterdrückte ein erneutes Schluchzen. „Also, wenn wir schon alles verloren haben, dann soll das Kirchlein hierher gebaut werden", sagte Wipfl ein klein wenig trotzig und wischte sich heimlich eine Harzträne aus dem Auge.

Stimmt, dachte das Engerl. Jetzt erst recht!

Und in der Nacht, als alle Menschen in ihren Betten schliefen, flog es heimlich hinunter ins Dorf.

$\mathcal{U}$ ngläubig rieben sich die Leute am nächsten Morgen die Augen. Die Bretter und Balken waren verschwunden! „Alles weg!", riefen sie. Diebe? Wer stahl schon so viel Holz auf einmal? Auch die jungen Burschen im Dorf, die der Nachbargemeinde jedes Jahr den Maibaum klauten, wehrten ab. „Nein, wir waren das nicht!"

Fassungslos machten sich die Erwachsenen auf die Suche.

Matthäus und Marei indes suchten im Wald nach Pilzen. Die Großmutter wollte Omelettes machen. Und dazu schmeckten Pilze einfach besonders fein. Immer weiter kamen sie hinauf auf den Berg. Und als sie ganz oben angelangt waren, blieben sie wie angewurzelt stehen. „Jessasmaria!", entfuhr es Matthäus.

„Das Holz für die Kapelle", flüsterte Marei.

In Windeseile rannten sie hinunter ins Dorf und hätten dabei fast die Pilze aus den Körben verloren.

Unten angekommen, wollte ihnen zunächst keiner glauben. Aber schließlich folgten sie den Kindern hinauf auf den Berg.

„Das war wohl ein schlechter Scherz, wenn wir die erwischen!", sagten die Erwachsenen später, als sie die Bretter mit dem Pferdegespann abholten und in der Dorfmitte abluden, „eine bodenlose Frechheit!"

*B*astius stemmte die Fäuste in die Hüften, trommelte mit der Spitze des rechten Fußes auf den Boden und schmollte. Die ganze Arbeit der vergangenen Nacht – umsonst! Wieso verstanden die Menschen nicht, dass die Kirche nach oben musste?

Fichtl, Zapfl und Wipfl sahen das Engerl erstaunt an. „Ich hätte nie gedacht, dass ein Engel auch sauer sein kann", raunte Fichtl den beiden anderen Baumgeistern zu, die immer noch traurig zwischen ein paar Herbstzeitlosen hockten. „Da kann man wohl nichts machen", wisperte Zapfl und legte den Kopf an Wipfls Schulter.

„Und ob!"

Bastius gab nicht auf.

In der Nacht flog das Engerl erneut hinunter ins Dorf. Brett für Brett schleppte es, wie in der Nacht zuvor, zurück auf den Berg. Die Flügel wurden ihm müde und seine Hände schmerzten. Bevor der erste Hahn krähte, war er fertig.

Erschöpft setzte sich Bastius zu den drei Baumgeistern ins Gras. Während diese die Engelsflügel von den Sägespänen befreiten, sahen sie, wie die Menschen im Dorf aufgeregt umherliefen. Doch jetzt brauchten die Leute nicht lange zu suchen. Mit großen Augen standen sie alsbald vor den Brettern und Balken auf dem Berg.

„Das geht nicht mit rechten Dingen zu", sagte eine Frau und bekreuzigte sich. Vorsichtshalber taten es ihr die anderen nach.

Erneut kam das Fuhrwerk, und die Bretter landeten wieder auf dem Dorfplatz.

„Wir müssen das Holz bewachen", beschlossen sie. Und die vier kräftigsten Männer wurden am Abend dafür ausgewählt.

*D*as darf doch nicht wahr sein!", stöhnte Bastius, schaute hinauf zum Himmel und verdrehte die Augen dabei. Aber wenn es sein musste, würde er das eben so lange machen, bis die Leute keine Lust mehr hatten, das Holz jeden Morgen wieder hinunterzufahren. Mit einem langen Stoßseufzer flog das Engerl in der nächsten Nacht erneut hinunter.

Die vier Männer saßen auf den Brettern und spielten im Mondschein Schafkopfen. Bastius strich ihnen leicht durchs Haar und schon wurden sie so müde, dass ihnen die Karten aus den Händen fielen und sie sofort einschliefen.

Und wie durch „Zauberhand" fand sich das Holz wieder oben auf dem Hohen Peißenberg ein. Schweigend standen die Dorfbewohner tags darauf auf dem Dorfplatz. Erneut waren die Bretter über Nacht verschwunden. Sie konnten sich schon denken, wo sie waren. „Das muss ein Zeichen sein, dass wir die Kapelle oben bauen sollen", sagte einer der Bauern in die Stille hinein. „Und wir sollten damit anfangen, bevor der erste Schnee fällt", sagte ein anderer.

Und das Engerl dachte erleichtert: „Na endlich!"

Die Tage wurden kürzer. Die Bäume waren inzwischen kahl und ein eisiger Wind fegte über das Oberland. In den Häusern wärmten sich die Frauen, Männer und Kinder am Kachelofen.

Oben auf dem Hohen Peißenberg war die Kapelle gerade noch rechtzeitig fertig geworden. Die Menschen hatten aufgrund der seltsamen Vorkommnisse beschlossen, auch Steine heraufzuschleppen und die Wände zu mauern. Das Holz der drei gefällten Bäume verwendeten sie für das Dach, die Türe, die Fenster und einige Holzbänke. Auch einen Tisch hatten sie angefertigt, der als Altar dienen sollte. Und weil zum Schluss noch ein klein wenig Holz übrig geblieben war, sagte einer der Dorfbewohner: „Daraus mache ich ein Kripperl für Weihnachten."

Fichtl, Zapfl und Wipfl saßen auf einem der Holzbalken der Kapelle, die als Baum ja einst ihr Zuhause gewesen waren, und froren erbärmlich. „Es ist eine schöne Kirche geworden", sagte Fichtl bibbernd. „Ja", sagte Zapfl, „wir wissen ja, dass du es nur gut gemeint hast und nichts dafür kannst, dass wir jetzt keinen Baum mehr haben."

Er schaute zu Bastius hinüber. „Wir sind nur traurig, dass wir nichts mehr haben, um das wir uns kümmern können, etwas, das unsere Aufgabe im Leben ist", schlotterte Wipfl und rieb sich an seiner Nase, an der sich schon ein kleiner Eiszapfen gebildet hatte.

Da ging Bastius nach draußen und weinte ein bisschen. Freilich war er froh über die Kirche, aber er war traurig wegen der Baumgeister.

Ganz leise begann es zu schneien.

Immer dicker wurden die Flocken. Und es schien, als wollte es gar nicht mehr aufhören. Bitterkalt war es geworden und der Schnee deckte Wiesen und Gärten zu und zog sein weißes Kleid über Bäume und Sträucher.

er letzte Oktobertag neigte sich dem Abend zu.

Bastius saß allein in einer Ecke der kleinen Kirche. Vor ihm lagen einige Bogen Wolkenpapier, die er mit sorgenvoller Miene im Gesicht und einer goldenen Feder in der Hand beschrieb. Morgen war Allerheiligen. Und er musste, wie jedes Jahr, zum großen Engeltreffen.

Eigentlich war der kleine Engel ja schon ein wenig stolz darauf, dass er sein Ziel erreicht hatte. Die Menschen hatten eine Kapelle gebaut! Und sie würden am Heiligen Abend zum ersten Mal die Messe darin feiern! Oben auf dem Berg! So, wie es sich Bastius erträumt hatte.

Doch zu welchem Preis? Drei Baumgeister hatten kein Zuhause mehr. Ihn plagte ein furchtbar schlechtes Gewissen. Aber es half alles nichts. Er musste dem lieben Gott alles beichten.

Dicker Nebel hatte den Hohen Peißenberg den ganzen Allerheiligentag lang eingehüllt und die Sonne vermochte nicht, ihn zu verscheuchen. Dicht aneinandergekuschelt lagen Fichtl, Zapfl und Wipfl auf einer Holzbank in der Kapelle.

Einer der Schreiner hatte dort seinen Handschuh vergessen. Sogleich waren die drei hineingeschlüpft, um sich ein bisschen zu wärmen. „Wie es wohl Bastius gerade ergeht?", meinte Fichtl. „Hoffentlich bekommt er nicht allzu sehr geschimpft. Er ist so ein lieber Engel", sagte Zapfl, „denn er hat uns nicht allein gelassen, als es schlimm für uns kam." Und Wipfl fügte hoffnungsvoll hinzu: „Vielleicht fragt er ja auch, was mit uns passieren soll. Ich würde alles tun, um wieder ein Zuhause zu haben, um das ich mich kümmern kann." Wipfl nickte zustimmend. „Ja", sagte Fichtl, „wir dürfen die Hoffnung niemals aufgeben und wollen dankbar sein für das, was wir gerade haben." Dann kuschelten die drei kleinen Baumgeister noch ein bisschen tiefer in den Handschuh hinein und warteten.

Spät am Abend kehrte das Engerl zurück. Die drei Baumgeister sahen es fragend an.

Aber Bastius sagte nichts.

*D*ie Wochen vergingen und die Menschen im Dorf bereiteten sich auf das Weihnachtsfest vor. Der Duft von Schmalzkiacherl und Butterkipferl zog durch die Gassen, an deren Seiten sich der geräumte Schnee auftürmte. Die Tage waren kurz, und wenn in der Nacht die Sterne am Himmel leuchteten, wurde es bitterkalt. Dann saßen die Menschen in der Stube beieinander, zogen Kerzen aus Bienenwachs und bastelten Sterne aus Stroh. Das Kripperl und eine kleine geschnitzte Puppe aus Holz, die das Jesuskind darstellte, waren bereits fertig. Und wie an so manchen Abenden holten sie nach getaner Arbeit ihre Instrumente heraus und sangen wundervolle Weisen, die durch die Stille hinauf bis zum Hohen Peißenberg klangen.

ndlich war es so weit. Der Kalender zeigte den 24. Dezember an.

„Heute Nacht kommen die Menschen herauf zu uns und feiern die Christmesse!", frohlockte Bastius aufgeregt und auch die drei kleinen Baumgeister ließen sich von der Vorfreude anstecken. Fichtl, Zapfl und Wipfl hatten unzählige Male den wundervollen Erzählungen des kleinen Engels gelauscht, wenn er ihnen davon berichtete, was er in der Rottenbucher Klosterkirche gesehen hatte.

Am späten Abend machten sich Matthäus und Marei mit ihren Eltern auf den Weg. Die Kinder hatten heimlich ein paar der herrlichen roten Äpfel in ihre Manteltaschen gesteckt, die sie aus dem Keller geholt hatten.

Von allen Gehöften aus der Umgebung strömten die Menschen zum Dorfplatz, wo der Pfarrer sie bereits erwartete. Die Fackeln wurden entzündet und schweigend stapften sie gemeinsam den tief verschneiten Weg zu ihrer Kirche auf dem Hohen Peißenberg hinauf.

Ganz still war es im Wald. Der Schnee knirschte unter den Schuhen und der Atem gefror den Menschen an Wangen und Nase.

„Sie sind da!" jubilierte das Engerl, als die schwere, hölzerne Tür aufging und einer nach dem anderen hereinkam. Und was hatten sie nicht alles dabei! Im Schein der Fackeln stellten die Menschen zwei große Kerzen auf den Altar. Dahinter fand ein Tannenbaum seinen Platz, an dem die Frauen und Mädchen die kleinen Kerzen aufsteckten und Strohsterne zwischen den Zweigen anbrachten.

Während andere ihre Flöten und Zupfinstrumente auspackten, holten Matthäus und Marei die Äpfel aus ihren Manteltaschen. Zum Erstaunen der Dorfbewohner hängten sie diese an selbst gemachten Kordeln in den Baum. Den schönsten aber hängte Marei gleich über dem Kripperl mit dem Jesuskind auf, das unter dem Baum stand. „Das ist für die vielen Knödel mit Sauce in diesem Jahr", sagte Matthäus ganz leise, aber alle hörten es.

Die Männer trugen die Fackeln hinaus. Der Pfarrer entzündete die Kerzen am Baum und die Dorfbewohner schauten mit glänzenden Augen auf den festlich erleuchteten Kirchenraum.

ür alle wurde es die schönste Messe, die sie je gefeiert hatten. Die Männer, Frauen und Kinder lauschten den Klängen der Zither und der Flöten und sangen die Lieder zu Ehren der Geburt Jesu. Und als sich alle niederknieten zum Gebet, sah Bastius von draußen ein wundervolles Licht.

„Das Christkind ist da!", flüsterte er fast atemlos den kleinen Baumgeistern zu. Mit einem fast unhörbaren, wie von kleinen hellen Glöckchen stammenden Klingeln trat das Christkind ein. Das konnten die Menschen zwar nicht hören oder sehen, aber es war ihnen, als ob der Kirchenraum mit einem Mal noch schöner und heller strahlte.

„Ehre sei Gott in der Höhe und Friede auf Erden sei mit allen", sagte das Christkind. „Was für eine schöne Kirche das ist, Bastius!" Der kleine Engel war selig über diese Worte.

„Ich weiß, dass ihr eine schwere Zeit hattet", wandte sich das Christkind an die drei kleinen Baumgeister. „Und weil ihr so voller Liebe, Glaube, Hoffnung und Dankbarkeit wart, möchte ich euch dafür belohnen."

Mit großen Augen schauten Fichtl, Zapfl und Wipfl in das strahlende Leuchten, das vom Christkind ausging, und hörten mit Staunen, was es sagte:

„Manchmal passieren Dinge im Leben, die so nicht gedacht waren. Aber immer gibt es Hoffnung und einen ganz neuen Weg, wenn der alte nicht mehr weiterzugehen ist. Schaut auf den herrlichen Apfel, der über der Krippe hängt. Jeder weiß, wie viele Kerne in einem Apfel sind. Aber niemand weiß, wie viele Äpfel in einem Kern sind. Denn in jedem Kern steckt bereits ein ganzer Baum, der wiederum viele, viele Äpfel tragen wird. Es geht immer weiter, auch wenn man es manchmal nicht gleich sieht. Und oft ganz anders, als man denkt. Man muss nur dazu bereit sein."

Ganz sanft berührte das Christkind den Apfel über der Krippe, lächelte Bastius zu und im nächsten Augenblick war es weitergezogen, denn es hatte in dieser Nacht noch viel zu tun.

Das Engerl hatte verstanden und vor lauter Freude kullerten ihm die Tränen über die roten Wangen.

Das letzte Lied der Messe war verklungen. Die Menschen wünschten einander „Gesegnete Weihnachten", löschten die Kerzen und traten hinaus aus der Kirche.

Leise fielen die Schneeflocken vom Himmel, als sie sich auf den Heimweg machten.

*F*ichtl, Zapfl und Wipfl schauten das kleine Engerl fragend an.

Wie schön war das, was das Christkind gesagt hatte! Doch bevor sie etwas fragen konnten, nahm Bastius den Apfel über der Krippe vom Baum, öffnete ihn und gab jedem der drei Baumgeister einen Kern daraus. „Nehmt die Kerne. Sie gehören jetzt zu Euch. Kommt mit nach draußen."

Die drei folgten Bastius hinaus. Jetzt hatten auch sie verstanden. Sie legten sich an den Südhang des Hohen Peißenbergs und das Engerl deckte sie behutsam mit der weißen Schneedecke zu. „Schlaft schön", sagte er und flog glücklich zur kleinen Kirche zurück.

$\mathcal{D}$er Winter verging. Und als der Frühling kam, wunderten sich die Menschen. Waren die drei kleinen Apfelbäume dort schon immer gestanden? Sie konnten sich nicht erinnern, dass sie ihnen je aufgefallen wären. Aber was war das für eine Blütenpracht an den jungen Zweigen. Und unbemerkt von den Dorfbewohnern saß auf jedem der Bäumchen ein kleiner Baumgeist. Die drei betrachteten voller Staunen ihr neues Gewand. Statt dem Mantel aus Fichtennadeln trug jeder von ihnen jetzt ein duftendes weißrosa Kleid aus samtenen Blütenblättern. Der Blütenstaub kitzelte sie in den Na-

44

sen. „Hatschi", niesten sie fast gleichzeitig und begannen zu lachen.

„Das Christkind hat recht", sagten sie glücklich, „man weiß, wie viele Kerne in einem Apfel sind, aber man weiß nicht, wie viele Äpfel in einem Kern sind. Das Leben ist voller Wunder!"

Sie schauten nach oben zur Kapelle auf dem Hohen Peißenberg. Auf dem kleinen Kirchturm saß das Engerl und winkte ihnen fröhlich zu.

Der Hohe Peißenberg im oberbayerischen Landkreis Weilheim-Schongau ist eine 988 Meter hohe Ergebung im Bayerischen Alpenvorland. Neben dem 22 Kilometer südwestlich gelegenen Auerberg (1055 Meter) ist der Hohe Peißenberg eine der höchsten Erhebungen dieses Gebietes. Der inselartige Hohe Peißenberg bietet bei klaren Sichtverhältnissen gegen Süden einen überwältigenden Blick auf die rund 200 Kilometer breit sichtbare Alpenkette, vom Grünten im Westen, über das Wettersteingebirge mit der Zugspitze im Süden bis hin zu den Chiemgauer Alpen im Osten. Der Blick nach Norden erstreckt sich über eine Ebene. Zu sehen sind hier der Ammersee und der Starnberger See.

Oben auf dem Hohen Peißenberg steht die Wallfahrtskirche Mariä Himmelfahrt. Der erste Bauabschnitt der späteren Doppelkirche ist die Kapelle aus dem Jahr 1541. Anfang des 17. Jahrhunderts wurde eine größere Kirche mit Priesterwohnhaus angebaut. Die Wallfahrt zu der am Jakobsweg gelegenen Kirche hat eine jahrhundertelange Tradition. Und noch immer erzählen sich die Leute im Dorf zahlreiche Legenden, die sich um die kleine Kirche ranken.